THOMAS FUCHS

DIE UNSCHLAGBAREN 3

Thomas Fuchs,
geb. 1964, studierte Geschichte und Politik. Neben Kinder- und Jugendbüchern schreibt er Hörspiele, moderiert Kindersendungen, arbeitet als Radiojournalist und war bis 1999 Kinderfunkredakteur beim DeutschlandRadio Berlin. Thomas Fuchs lebt mit seiner Familie in Berlin.

Thilo Krapp
wuchs in Hagen in Westfalen auf und studierte an der Universität Wuppertal bei Wolf Erlbruch. Seit seinem Studium arbeitet er als Illustrator und Grafiker für viele Verlage, Firmen und Magazine, und illustriert neben denen anderer auch eigene Texte.
www.thilo-krapp.de

THOMAS FUCHS

DIE UNSCHLAGBAREN 3

ECHTER SCHATZ UND FALSCHE SCHLANGE

MIT ILLUSTRATIONEN VON
THILO KRAPP

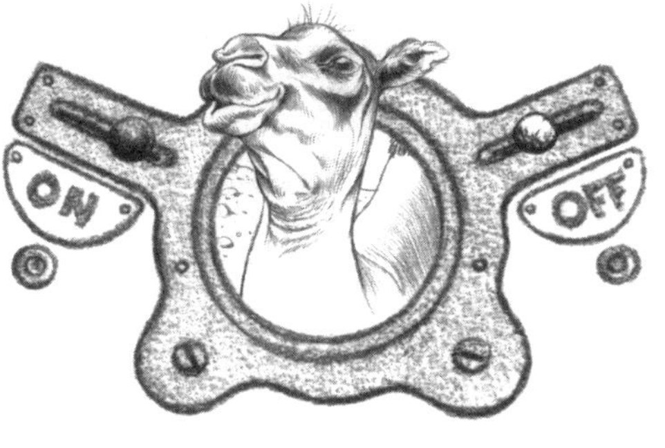

Arena

Mix
Produktgruppe aus vorbildlich bewirtschafteten Wäldern, kontrollierten Herkünften und Recyclingholz oder -fasern
Zert.-Nr. SGS-COC-003210 www.fsc.org
© 1996 Forest Stewardship Council

1. Auflage 2010

Einband- und Innenillustration: Thilo Krapp
Gesamtherstellung: Westermann Druck Zwickau GmbH
ISBN 978-3-401-06380-5

www.arena-verlag.de

1

»Und Action!«

Der Einbrecher griff an die Regenrinne und zog sich an ihr empor. Geschickt kletterte der dicke Mann mit den langen schwarzen Haaren die Fassade des fünfstöckigen Hauses hinauf. Angesichts seines enormen Körperumfangs war es verwunderlich, wie sportlich er war. Gerade als er den vierten Stock hinter sich gelassen hatte, am Balkon des obersten Stockwerkes hing und sich hochziehen wollte, erschien eine ältere Frau auf dem Balkon.

»Hilfe!« Die Oma schrie laut auf und packte einen Blumentopf mit Geranien.

Dem zehnjährigen Jannik unten am Boden stockte der Atem. Aufgeregt fuhr er durch seine kurzen braunen, verfilzten Locken. »Jetzt wird es ernst!«, flüsterte er.

»Na und, Will kann so was«, erwiderte cool sein ein Jahr jüngerer Bruder Finn. Nur widerwillig hatte er den Blick von seinem Gameboy gelöst, um die Szene dort oben in schwindelerregender Höhe zu beobachten.

»Das ist kein Spiel, das ist Ernst, du Schwachkopf!«, giftete ihn sein älterer Bruder an.

»Ich dulde keine Einbrecher!«, keifte währenddessen die ältere Dame oben auf dem Balkon und holte mit dem Blumentopf aus. Dann schlug sie dem dicken Mann die Geranie samt Topf direkt auf den Kopf. Der Mann jaulte auf und ließ los.

Mit offenem Mund sahen die beiden Jungen den Einbrecher herabstürzen und mit einem lauten Krachen in dem gigantischen Stapel Pappkartons landen.

»Und Schnitt!«

Der Kameramann hob den Daumen zum Zeichen, dass er alles gefilmt hatte.

Umgehend widmete sich Finn wieder seinem Gameboy. Schon seit einer Stunde hing er in Alienforce im fünften Level fest. Warum bloß kam er nicht weiter?, ärgerte er sich.

Drüben hinter der Absperrung tauchte unterdessen der dicke Mann aus den Tiefen des eingedrückten Kartonstapels auf, zog sich die schwarze Perücke vom Kopf und wuschelte durch seine hellblonden halblangen Haare. Mühsam bahnte er sich einen Weg durch den sicher zwei Meter hohen Pappberg.

»Will! Du warst super! Danke!« Der Filmregisseur klopfte ihm auf den Rücken. »Die Szene ist im Kasten. Du hast Feierabend.«

Will nickte müde, öffnete die schwarze Jacke und schnallte sich den dicken Bauch ab. Dann eilte er hinüber zu den beiden Jungen.

»Wahnsinn!«, begrüßte ihn Jannik aufgeregt. »Das war obercool!«

»Nicht wirklich. War ja nicht mein erster Stunt«, antwortete Will. Nein, sein erster war es wirklich nicht. Will, mit vollem Namen William Adrian Langfeld, war Stuntman von Beruf. Er doubelte Schauspieler bei gefährlichen Szenen, stürzte für sie von Balkonen, sprang mit dem Motorrad über Busse und ließ sich aus

Flugzeugen in die Tiefe fallen – mit einem Fallschirm natürlich.

Sowohl der immer gelassen wirkende Finn als auch sein älterer und temperamentvollerer Bruder Jannik fanden, dass ihr Cousin Will den coolsten Beruf der Welt hatte. Und daher waren sie hellauf begeistert gewesen, die Osterferien bei ihrem erwachsenen Cousin Will zu verbringen. Und dass Will sie mit zu den Dreharbeiten genommen hatte, war natürlich das Obercoolste. Ferien bei einem Stuntman. Hey – was konnte aufregender sein?

Unvermittelt klingelte Wills iPhone und zeigte an, dass er eine neue Nachricht bekommen hatte. Will las die SMS, runzelte die Stirn und drehte sich zu den Jungen um.

»Sorry, ich muss weg!«, murmelte er. »Muss euch kurz alleine lassen.«

»Okay«, antwortete Finn, weiterhin den Blick starr auf seinen Gameboy gerichtet.

»Wohin musst du denn?«, rief Jannik. »Und wie lange? Sollen wir schon mal die Pizza für das Abendessen vorbereiten?«

»Äh – Abendessen?!« Will schüttelte den Kopf. »Nee, also zum Abendessen bin ich nicht zurück. Der Auftrag wird schon so ein bis zwei Tage dauern.« Mit Blick auf Janniks erschrockenes Gesicht fügte er hinzu: »Das macht euch doch nichts aus, oder? Ist doch cool – Fernsehen bis zum Abwinken und ich gebe euch sogar Geld für den Pizzadienst.«

»Du spinnst wohl!«, entgegnete Jannik aufgeregt. »Wir sind Kinder! Neun und zehn Jahre alt! Du kannst uns nicht alleine lassen. Wir brauchen jemanden, der auf uns aufpasst!« Er war ganz rot im Gesicht vor Empörung.

»Mmh. Dann muss ich wohl eure Eltern anrufen.«

»Die sind auf ihrem Segeltörn nicht erreichbar«, entgegnete Finn, weiterhin mit seinem Spiel beschäftigt. Ihn ließ das alles unberührt.
»Eben genau deswegen sind wir doch bei dir!«

»Aber ich kann euch nicht mitnehmen!«, stöhnte Will.

»Und warum nicht?«, fragte Jannik gereizt.

»Ja, warum eigentlich nicht?«

Jetzt blickte auch Finn mal von seinem Gameboy hoch.

»Weil es gefährlich werden könnte!«

»Na und!«, rief Jannik. Nun wollte er erst recht mitkommen. Wie jeder Junge liebte er Abenteuer, besonders wenn die Aussicht bestand, dass es dabei auch noch gefährlich werden könnte.

»Aber das geht nicht . . .« Will rang nach Worten. »Das darf ich nicht, weil . . . weil . . .«

»Will«, unterbrach ihn Finn feixend und verstaute den Gameboy in seiner Tasche. Anschließend fuhr er sich einmal mit der rechten Hand durch seine streichholzkurzen Haare, die mit viel Gel zu einem Kamm geformt waren. »Mein bescheuerter Bruder hat ausnahmsweise einmal recht. Du hast echt keine Wahl, du hast uns unwiderruflich an der Backe.«

In einem halsbrecherischen Tempo steuerte Will den TVR Griffith V8 aus der Stadt heraus, sodass Jannik, der sich auf den Notsitz des britischen Zweisitzers mit dem röhrenden 4,3-Liter-Motor geklemmt hatte, von einer Seite auf die andere geschleudert wurde. Unterwegs eröffnete Will den beiden Jungen, dass er in Wahrheit ein Geheimagent der E.D.G.E. wäre. E.D.G.E. stehe für **E**rhaltung **D**er **G**eheimen **E**rde und ist eine weltweite Organisation, die es sich zur Aufgabe gemacht hatte, das Erbe der Menschheit zu retten.

»Zu viele Schätze sind schon verloren gegangen«, erklärte Will, während er mühelos einen BMW Z3 überholte. »Es gab und gibt viel Kriminalität, zum Beispiel Grabräuber, die die Pyramiden plündern, oder Sammler, die sich irgendwelche seltenen Funde unter den Nagel reißen. Und vieles wird auch durch Unwissenheit zerstört, zum Beispiel, wenn irgendwelche Idioten bei Grabungen die Hälfte der Knochen einfach wegwerfen, weil sie nichts damit anzufangen wissen. Oder wenn die Vollidioten kostbare Wandtafeln zerschlagen, da sie dahinter eine Grabkammer vermuten. Nach wie vor gibt es viele Geheimnisse, so viel Unentdecktes auf diesem großartigen Planeten. Unbekannte Orte, ausgestorben geglaubte Tiere, unfassbare Schätze. Geheimnisse, die allen gehören und nicht bei einem reichen Sammler in dessen Safe landen dürfen.«

»Und diese Schätze zu schützen, ist dein Job?«, staunte Jannik be-

eindruckt. Selbst Finn blickte kurz von seinem Gameboy hoch und warf seinem Cousin einen bewundernden Blick zu.

»Einer muss es ja machen!«, antwortete Will knapp und bog in einen kleinen Waldweg ein. Hinter dem Wald eröffnete sich ihnen der Blick auf eine lange Rollbahn. Sie gehörte zu einem stillgelegten Flughafen. Seit Jahren war hier kein Flugzeug mehr gelandet oder gestartet – das sah man an dem Gras und dem Unkraut, das auf dieser Bahn wucherte. Doch nun stand ein schnittiger silberner Learjet dort.

Finn und Jannik warfen sich ungläubige Blicke zu. Sollten sie jetzt etwa wie Präsidenten oder Multi-

millionäre in diesem Luxusteil losjetten?

Will parkte den Wagen und gemeinsam kletterten sie – als sei es das Normalste der Welt – in das Miniflugzeug.

»Tag, Charlie!«, begrüßte Will den Piloten, der sich daraufhin kurz umdrehte und die drei musterte. Finn fand, er sah ein bisschen aus wie sein Opa Herbert, nur cooler.

»Ich hab Verstärkung dabei!«, erklärte Will mit Blick auf Finn und Jannik.

Der Mann in der abgewetzten Pilotenjacke hob kurz die Hand und sagte: »Hey!« Dann sah er wieder nach vorne und startete die Motoren.

»Charlie sagt nie viel!«, erklärte Will, während er den Jungen half, sich in den schwarzen Ledersesseln anzuschnallen. Kaum hatte er selbst seine Gurtschnalle geschlossen, heulte auch schon die Maschine auf und donnerte die grasbewachsene Rollbahn entlang. Jannik und Finn wurden in ihre Sitze gedrückt. Der Jet hob ab und stieg steil empor in die Wolken.

Es dauerte eine Weile, bis die

Jungen wieder Worte fanden. »Wo fliegen wir eigentlich hin?«, fragte Jannik und seine Stimme klang vor Aufregung ganz gepresst. Noch nie zuvor war er in einem derart coolen Flugzeug geflogen. Es hatte nur wenige, dafür aber superbequeme Sitzplätze und der Blick ins Cockpit war frei. Finn hatte schon angefangen herumzukramen und dabei schräg vor sich ein Fach entdeckt, in dem diverse Schokoriegel verstaut waren. Nach einem kurzen Blick auf Will, der aber mit seinem iPhone beschäftigt war, bediente er sich fröhlich.

»Nach Petra!«

»Du meinst zu Petra!«, verbesserte ihn Jannik. »Und wer ist diese

Dame überhaupt? Und was hat sie mit deinem Auftrag zu tun?«

»Falsch, total falsch.« Will grinste und blickte auf. »Was lernt ihr denn bitte heute in der Schule? Ich meine durchaus *nach* Petra! Sagt bloß, ihr habt noch nie etwas von dieser so lange verschollen geglaubten Stadt gehört?«

»Nein«, antwortete Jannik kleinlaut. Sein Bruder Finn gab keine Antwort, er zuckte lediglich mit den Schultern und schnappte sich einen weiteren Schokoriegel.

»Petra liegt im Königreich Jordanien!«, erklärte Will. »Das ist von uns aus gesehen der Nahe Osten.«

»Und weiter?«, fragte Jannik.

»Na ja, die Stadt war eben verschollen und wurde dann irgendwann wiederentdeckt . . .« Will öffnete seinen Gurt. »Ich muss was mit Charlie besprechen.« Er stemmte sich aus seinem Polster und schob sich durch den Gang nach vorne zur Pilotenkapsel.

»Wetten, Will hat selbst keine Ahnung!«, stieß Finn mit vollem Mund hervor.

»Kann sein«, murmelte Jannik.

»Aber was brauchen wir unseren Cousin, sein Laptop reicht uns doch völlig.« Finn angelte nach Wills Tasche und zog dessen schmales Notebook heraus. »Will hat sicher nichts dagegen, wenn wir uns weiterbilden.«

»Und was willst du mit dem Computer?«, motzte sein älterer Bruder.

»Sind wir nun die Internetgeneration oder nicht?« Finn schaltete das Gerät ein.

Wenige Minuten später hatte er über die Kindersuchmaschine etwas gefunden. Einen ausführlichen Bericht über »Vergessene Weltwunder« und die Stadt Petra und ihre Geschichte. Und die war echt abenteuerlich.

Bis ins Jahr 1812 hatten die Europäer nur gerüchteweise gewusst, dass es die Stadt Petra gab. Ein legendärer Ort, eine Stadt vollständig aus dem Fels herausgeschlagen. Doch gesehen hatte sie keiner der europäischen Forscher. Petra war ein wohl gehütetes Geheimnis der Wüste.

Finn hob kurz den Blick vom Bildschirm: »Wohl gehütetes Geheimnis,

das klingt wie in einem Agentenfilm.« Dann scrollte er schnell weiter.

Beide Jungs hingen mit ihren Köpfen dicht vor dem Bildschirm und lasen die spannende Legende über Petra. Hier hat Moses angeblich damals beim Auszug des Volkes Israel mit einem dem Schlag seines Stabes eine Quelle aus dem Stein sprudeln lassen.

»Hä, Moses?«, staunte Jannik. »Etwa der Moses aus der Bibel?«

»Quatsch!« Finn warf seinem Bruder einen genervten Blick zu.

»Doch, genau der«, antwortete Will, der in diesem Augenblick zu ihnen zurückkam und erst mal sein Notebook energisch an sich nahm. »Als Moses das jüdische Volk aus der ägyptischen Gefangenschaft ins Gelobte Land geführt hat. Da hat er in Petra angeblich mit seinem Stab gegen den Fels geschlagen. Worauf eine Quelle aus dem Stein zu sprudeln begann. Und alle hatten genug zu trinken.«

»Ätsch, recht gehabt!«, rief Jannik seinem Bruder zu.

»Aber das ist doch alles nicht wahr!«, rief Finn, ohne auf die Bemerkung seines älteren Bruders einzugehen. »Die Bibel, Moses und so. Das sind doch nur Geschichten.«

»Woher weißt du das? Warum sollte das nicht wahr sein?«, entgegnete Will gereizt. »Laut den Informationen von E.D.G.E. wurde eine geheime Grabkammer gefunden. Genauer gesagt, eine uralte Karte, auf der die Grabkammer eingezeichnet ist. Und in diesem Grab soll sich ein Stab befinden, der Moses gehört haben könnte. Dem Moses. Dem aus der Bibel. Und leider sind es nicht ehrliche Archäologen, die die Karte gefunden haben. Sondern Grabräuber. Ja, da staunt ihr. Auch in der heutigen Zeit gibt es

Grabräuber. Und mein Job ist es nun, diese Kostbarkeit zu retten.«

»Unser Job!«, verbesserte ihn Jannik stolz.

»Okay, unser Job!«, räumte Will zähneknirschend ein.

»Eine Frage habe ich aber noch!«, ging Finn dazwischen. »Wenn die Stadt Petra so lange verschollen war, wie und wann hat man sie gefunden?«

»Später!«, vertröstete Will ihn. »Ich würde gerne etwas schlafen. Könnte noch ein langer Tag werden. Das solltet ihr auch tun.« Er drückte einen Knopf in der linken Armlehne seines Ledersitzes. Innerhalb von Sekunden verwandelte sich surrend der Sessel in ein Bett. Aus einem Fach in der Au-

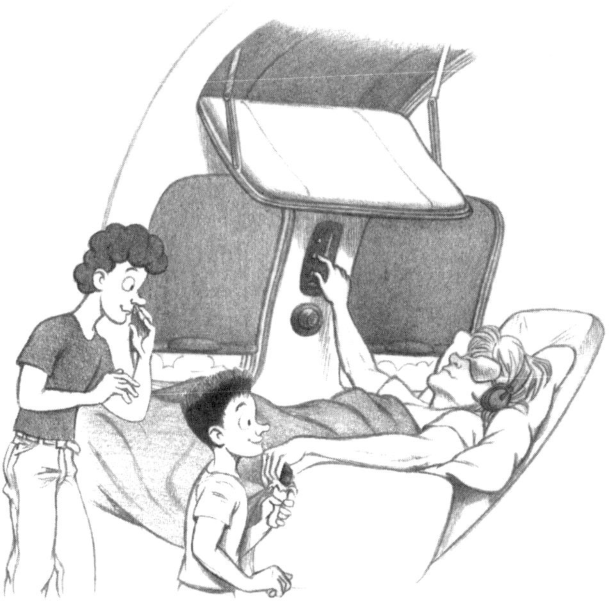

ßenwand fielen Kopfkissen und Wolldecke sowie eine seltsame Skibrille mit glänzendem schwarzem Visier und fest montierten Kopfhörern. »Ein Mind-Clearer!«, erklärte Will den verdutzten Jungen, während er sich die Brille überzog und sich ins weiche Kopfkissen kuschelte. »Spezielle Lichtprojektionen und Töne bringen die Gehirnströme in die erholsame Tiefschlafphase III und IV. Erholung pur! Bis später.«

Jannik sah seinen jüngeren Bruder Finn an, der zuckte mit den Schultern und nahm wieder seinen Gameboy in Betrieb. Jannik sah hinaus auf den dicken Wolkenteppich unter ihnen. Er kniff sich mehrmals in den Arm. Träumte er auch nicht? Saß er wirklich in einem Jet und düste in eine geheimnisumwitterte Stadt in Jordanien? Es dauerte lange, bis auch er in einen unruhigen Schlaf fiel.

Erst während der Landung erwachte er wieder. Zwei dumpfe Schläge schüttelten ihren Jet durch, dann liefen die Turbinen aus. Durch das Fenster sahen Jannik und Finn auf eine weite Hochebene. Will, inzwischen wieder ohne seine Tiefschlafbrille, öffnete die Kabinentür. Wuff – es schlug ihnen, wie mit einem Föhn geblasen, heiße, trockene Luft entgegen.

Kein Baum wuchs hier und kein Gras. Vereinzelt lagen Felsbrocken herum. Ein paar vertrocknete Büsche versuchten, in dieser unwirtlichen Gegend zu überleben. Jannik und Finn waren noch nie vorher in so einer kargen Umgebung gewesen.

»Wahnsinn!«, staunte Jannik. »Wie das hier aussieht!«

»Leben hier Menschen?«, fragte Finn, während er sich zwei Schokoriegel, die er mitgenommen hatte, in die Hosentasche stopfte.

»Natürlich gibt es in Jordanien Städte. Große Städte, so wie ihr sie kennt. Doch hier draußen leben eigentlich nur die Nomaden«, erklärte Will.

Wie aufs Stichwort tauchte aus dem Nichts ein Mann in einem hellen sandfarbenen weiten Kapuzenmantel auf. Er führte an einem Strick zwei Kamele.

»Das ist Khaled. Er ist Beduine. So nennt man die nomadischen Wüstenbewohner. Khaled ist mein Kontaktmann in Jordanien!«, erklärte Will, packte seine Umhängetasche und ging dem Mann entgegen. Die beiden umarmten einander, als ob sie sich schon lange kennen würden. Nach wenigen Minuten kam Will zurück zu den Jungen. In der Hand trug er einen Stapel hellen Stoff.

»Hier, ein Burnus für jeden.« Er drückte Jannik und Finn einen zusammengelegten Kapuzenmantel in die Hand und schlüpfte selbst in den dritten hinein. »Trägt man hier und ist praktisch. Kühlt!«

»Und was machen wir jetzt?«, fragte Jannik aufgeregt, während er und sein Bruder umständlich den Mantel überzogen.

»Ihr wartet hier. Das dürfte nicht lange dauern«, entschied Will. »Ich gehe nach Petra, regele das schnell mit dem Mosesstab und dann geht es wieder heim.« Er kletterte in den Jet und kam mit zwei Wasserflaschen in der Hand zurück. »Hier, für euch. Bei der Hitze gilt es, viel zu trinken. Bis später!«

»Wir dürfen nicht mit?«, rief Jannik enttäuscht. »Das kannst du nicht bringen! Du kannst uns nicht nach, nach . . .«

». . . nach Jordanien schleppen und dann hier parken!«, sprang ihm sein Bruder bei.

»Tut mir leid, es könnte gefährlich werden!«

»Na und!«, schrie Jannik.

»Ich . . . Khaled hat nur die zwei Kamele dabei.«

»Faule Ausrede!«, giftete Finn. »Du bist fies! Wir wollen mit und Moses' Stab finden!«

»Okay . . .« Will lenkte ein. »Passt

auf, wir machen das folgendermaßen: Ich und Khaled reiten vor, checken die Lage und dann kommen wir wieder und holen euch!«

»Ehrlich?«, fragte Finn.

»Agentenehrenwort. Und bis dahin wartet ihr hier bei Charlie.« Will rannte zu dem Mann mit den Kamelen, schwang sich auf den Rücken des einen Tieres, während

Khaled schon auf dem zweiten saß. Dann galoppierten sie über den harten trockenen Boden in Richtung der Felsen davon.

»Meinst du, er hält Wort?«, fragte Jannik enttäuscht.

»Dass hoffe ich für ihn!«, erwiderte Finn drohend. »Sonst kann er was erleben!«

Unter den Tragflächen des Jets war Schatten und die beiden Jungen setzten sich. Finn futterte seinen fünften Schokoriegel. Charlie, der Pilot, schien drinnen zu schlafen, sein lautes Schnarchen war gut zu hören.

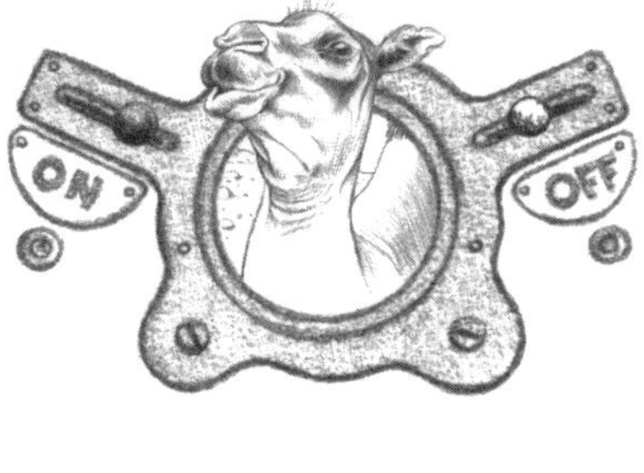

»So ein Mist, da sind wir so nah bei Petra und dürfen doch nicht hin«, ärgerte sich Jannik und trank einen Schluck aus seiner Flasche.

»Wir können uns doch schon einmal Petra im Internet ansehen«, schlug Finn vor und verschwand kurz im Innern des Flugzeugs. Mit Wills Laptop unterm Arm setzte er sich neben seinen Bruder in den Wüstensand.

»Na toll«, motzte Jannik. »Ich fliege doch nicht stundenlang nach

Jordanien und lande mitten in der Wüste, um mir Petra im WWW anzusehen!«

»Hier, das ist doch cool!« Finn, der gerade noch schnell einen geschmolzenen Schokoriegel aus dem Papier geschleckt hatte, begann vorzulesen: »Wie Petra entdeckt wurde, echt unglaublich! Da hat sich vor über hundert Jahren ein Schweizer einfach als muslimischer Pilger getarnt. Und hat den Beduinen gesagt, er wäre Scheich Ibrahim . . . Unter dem Vorwand, am Grabe von Moses' Bruder Aaron beten zu wollen, fragte er nach der sagenumwobenen Stadt Petra. Die Beduinen wiesen ihm den Weg zu der Schlucht des Siq, dem Eingang zu Petra.« Finn drehte den

Bildschirm, sodass Jannik einen Blick darauf werfen konnte. »Hier, sieh mal die tollen Fotos! Da, durch diese Schlucht, den Siq, geht es hinein.«

»Wehe, Will holt uns nicht, dann werde ich echt sauer!«, ärgerte sich Jannik, als er die Bilder der in roten Stein gehauenen Tempel und Eingänge sah.

Irgendwann hatten die beiden keine Lust mehr auf Internet und Finn kramte wieder seinen Gameboy heraus.

Die Stunden vergingen, die Schatten wurden länger und die beiden Jungen lagen gelangweilt unter dem Flügel des Jets im heißen Wüstensand. Finn war in der ungewohnten Hitze über Alienforce ein-

geschlafen. Auch Jannik begann zu dösen.

Laute Hufgeräusche ließen sie aufschrecken.

Khaled kam auf seinem Kamel herangaloppiert. Wills Kamel hatte er im Schlepptau.

»Marhaba! Will gefangen!«, rief er ihnen zu. »Hilfe!«

»Marhaba! Ist Will in Gefahr?« Jannik sprang auf.

»Große Gefahr! Schnell, Will gefangen in Khazne al-Firaun! Konnte Verfolger abschütteln. Muss hier weg – wer weiß . . . Gebe Nachricht an E.D.G.E!« Khaled wendete die Kamele und so schnell, wie er gekommen war, verschwand er wieder.

Jannik kletterte in das Flugzeug,

um Charlie zu informieren. Doch der kanzelte ihn mit den Worten ab: »Ich bin nur der Pilot. Der Fahrer sozusagen. Ich bleibe hier.«

»Bitte! Will ist in Gefahr!«

»Ich bin nur der Fahrer.«

»Feigling!«, fauchte Finn und wandte sich von Charlie ab.

»Dann müssen eben *wir* Will helfen!«, entschied Jannik.

»Ihr?«, fragte Charlie spöttisch.

»Wir sind auch von E.D.G.E.!«, log Jannik. »Will hat uns eingeweiht.«

Der Pilot zuckte mit den Schultern. »Okay!«

»Wo können wir Will finden, wo liegt dieses Khazne al-Firaun, wie kommen wir nach Petra?«, rief Finn.

Charlie zog schweigend eine Landkarte aus einem Seitenfach, dann drückte er einen Knopf rechts oben am Armaturenbrett. Es klackte im hinteren Teil des Jets und ein Surren ertönte.

»Viel Glück!«, grunzte er mürrisch. Er warf Jannik die Karte zu, zog seine Basecap über das Gesicht und schloss wieder die Augen.

Mit der Karte in der Hand kletterten die beiden Brüder aus dem Flugzeug. Hinten am Heck hatte sich eine große Klappe geöffnet. Neugierig spähten Jannik und Finn hinein. Wow! In der Ladeluke parkte ein rotes Quad. Ein vierrädriges Minigeländefahrzeug mit einer motorradartigen Sitzbank, dicken Stollenreifen und Motorradlenker.

»Cool!«, entfuhr es Finn bei dem Anblick des chromblitzenden Gefährts.

»Für uns . . .«, staunte auch Jannik. »Aber . . .«

»In der Werbung haben die gesagt, das wäre so leicht wie Fahrrad fahren oder Bobbycar«, beruhigte ihn sein jüngerer Bruder. »Das krieg ich locker hin.«

»Na dann.« Jannik blickte skeptisch.

Finn zog an einem roten Griff links in der Luke. Es klackte, die Halterungen lösten sich und das Quad rollte herab zu ihnen in den festen Wüstensand.

»Auf geht's. Retten wir Will!« Finn kletterte, den weiten Kapuzenmantel hochgerafft, schwungvoll auf den Fahrersitz und umklammerte die Griffe des Lenkers. »Auf nach Khazne al-Firaun!«

»Sekunde noch!« Jannik verschwand in der Luke und kam mit zwei Helmen zurück. »Hier!« Er warf den gelben Integralhelm seinem Bruder zu, den blauen Helm setzte er sich selbst auf. Dann nahm er zögernd hinter seinem Bruder auf dem niedrigen Gefährt

Platz. »Na, wenn das mal gut geht . . .«, murmelte er.

Finn drehte den Zündschlüssel und drückte den Startknopf. Gefährlich blubbernd erwachte der Motor unter ihnen.

»Automatik!«, rief Finn. »Total easy!«

Er drehte mutig den Gasgriff, der starke Motor heulte auf, die Hinterräder drehten durch, die Vorderräder gingen in die Luft und einen Augenblick später lagen die beiden Jungen verblüfft im harten Sand. Das Quad stand mit blubberndem Motor etwa zehn Meter von ihnen entfernt.

»Na warte!« Finn rappelte sich hoch und spuckte Sand aus. Als er wieder aufsteigen wollte, hielt Jannik ihn zurück. »Nix da, jetzt bin ich mal dran«, sagte er bestimmt und bestieg das Quad. Finn verkroch sich beleidigt mit der Landkarte in der Hand in den Flugzeugschatten und zog es vor, sich erst einmal damit zu beschäftigen, wo sie überhaupt waren und wo sie hinmussten.

Währenddessen probierte Jannik sein Glück. Nach sechs schmerzhaften Abwürfen hatte er das Quad endlich im Griff.

»Aufsteigen!«, rief er keuchend.

»Kurs Richtung Osten!«, befahl Finn, kaum dass er sicher hinter seinem älteren Bruder saß.

»Und wo ist Osten?«, fragte Jannik zurück und rieb sich sein schmerzendes Steißbein.

»Ähm, gibt's hier keinen Kompass?« Finn drehte verwirrt die Karte hin und her.

»Ach, Kleiner . . .«, seufzte Jannik. Er drückte auf einen kleinen Monitor im Armaturenbrett, mit einem leisen Ping erschien das Eingabefeld eines Navigationssystems. Er tippte Petra ein und ein dicker roter Pfeil auf dem Display gab ihnen nun die Richtung vor.

»Das hätte Charlie auch sagen können, bevor er mir diese Karte gab.« Finn knüllte die Landkarte zusammen und warf sie hinter sich, dann klammerte er sich bei seinem Bruder fest. »Und los!«

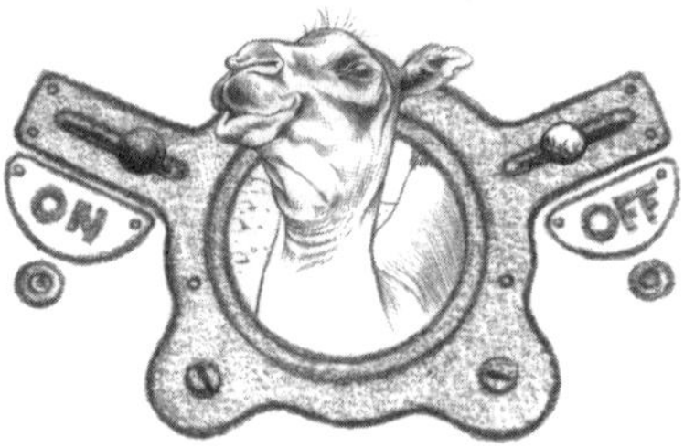

»Da! Der Eingang nach Petra«, erklärte Jannik, während er den Helm abstreifte und eine Ladung Sand ausspuckte. Mit dem Helm in der Hand deutete er auf einen zerklüfteten Bergrücken, der unmittelbar vor ihnen begann.

»Siehst du da vorne das kleine Kassenhäuschen, das dürfte die Eingangskontrolle sein«, krächzte Finn, rieb sich das schmerzende Hinterteil und trank einen Schluck. Zum Glück hatten sie die Wasserflaschen mitgenommen. »Die Frage ist nur, wie wir an dieser Kontrolle vorbeikommen wollen. Du hast nicht zufällig heimlich Arabisch gelernt?

»Nein . . .« Jannik trank ebenfalls etwas Wasser aus seiner Flasche, dann fuhr er sich durch seine nass geschwitzten gelockten Haare und versuchte zugleich, sich das Gesicht zu säubern. »Aber dieser kleine Kasten hier kann das vermutlich. War am Lenker des Quads befestigt. Da steht Translator drauf. Dürfte sich also um eine Art Übersetzer handeln.«

»Echt, gib mal!«, forderte Finn und streckte die Hand nach dem flachen Gerät aus.

»Nein, ich hab es jetzt!« Jannik drückte den kleinen roten Knopf an der Seite, hielt das Kästchen vor den Mund und sagte: »Guten Tag, mein Name ist Jannik und ich suche meinen Cousin Will.«

Aus dem Gerät tönte, noch während er sprach, ein wahrer Redeschwall. Die Worte klangen arabisch, verstehen konnten die Jungen nur das Wort Jannik.

»Scheint echt zu funktionieren«, staunte Finn.

An der Schranke des Eingangshäuschens saß ein dicker Mann in schwarzen Jeans und schwarzem T-Shirt. Er hatte dunkle Haut, einen schwarzen Bart und seine Augen waren von einer dunklen Sonnenbrille verdeckt.

»Der Kerl sieht komisch aus!«, flüsterte Finn.

»Meinst du, der gehört zu den Leuten, die Will gefangen genommen haben?«, gab Jannik erschrocken zurück.

»Ich denke schon«, war Finns Kommentar.

»Wie sollen wir dann bloß an diesem Kerl vorbeikommen?«, seufzte sein älterer Bruder.

»Wir können uns doch als Nomaden ausgeben«, schlug Finn vor. »Es so machen wie dieser Schweizer damals.«

»Meinst du, das klappt?«

»Frechheit siegt!« Er nahm seinem Bruder den Translator einfach aus der Hand.

Langsam gingen die beiden auf den Mann zu.

»Marhaba!«, sagte der Mann.

»Marhaba«, antwortete Finn, den Kopf unter der Kapuze verborgen. Der Mann ließ einen Redeschwall auf ihn los, von dem die beiden nicht ein Wort verstanden. Als der Mann endlich geendet hatte, hielt Finn unter der Kapuze das Übersetzungsgerät an seinen Mund und sagte leise: »Ich bin Scheich Ibrahim, ich will nach Petra, an Aarons Grab beten!« Ein Schwall Arabisch tönte aus dem kleinen Gerät.

Der Mann an der Schranke bekam einen Hustenanfall, dann wischte er mit einer Handbewegung Finn die Kapuze vom Kopf.

»Sag das noch einmal!«, forderte er keuchend auf Deutsch den Jungen auf.

»Ich bin Scheich Ibrahim, ich will

nach Petra, an Aarons Grab beten!«
Total irritiert darüber, dass der Mann deutsch sprach, stammelte Finn erneut in das Gerät und wieder ertönte die arabische Übersetzung.

»Dann darfst du natürlich durch!« Der Mann brach in einen Lachanfall aus. »Natürlich darf Scheich Ibrahim, hahaha, bei mir jederzeit durch! Hahaha!« Der dicke Mann wurde von einer neuen Lachsalve gebeutelt. »Eigentlich ist Petra schon geschlossen. Aber wenn, hahaha, Scheich Ibrahim kommt, bitte geht durch . . . Viel Spaß! Hier ein Plan von Petra, damit ihr Aarons Grab findet! Hahaha!«

Er öffnete die Schranke. Jannik und Finn drückten sich an dem Mann vorbei und eilten die Straße hinauf. In ihrem Rücken hörten sie noch immer den Mann laut lachen.

»Tolle Idee!«, rief Jannik und schlug seinem jüngeren Bruder anerkennend auf die Schulter. »Hat super geklappt.«

»Ja, schon . . .«, gab Finn unzufrieden zurück. »Aber anders als erwartet.«

Über ihre Kapuzenmäntel stolpernd, eilten die Jungen zum Eingang der Schlucht. Ein großer hagerer Mann, ebenfalls komplett schwarz gekleidet, saß auf einem Steinwall davor und spielte mit seinem Handy.

»An dem müssen wir auch noch irgendwie vorbeikommen. Der sieht nun aber wirklich verdächtig aus!«, flüsterte Jannik. »Noch mal wird der Trick mit dem Scheich wohl kaum klappen.«

»Da oben führt doch eine Wasserleitung hinein!«, gab Finn zurück und zeigte auf eine nach oben offene Rinne, die etwas erhöht an der steilen Felswand in den Siq, die Eingangsschlucht, hineinführte. »Das haben wir doch auf den Fotos gesehen.«

»Gute Idee!«

Nach einem Blick auf ihre kleine Infokarte, die sie von dem Mann im Kassenhäuschen bekommen hatten, schlichen die beiden Jungen im weiten Bogen zur Felswand. Sie kletterten in die trockene Felsenrinne und robbten in ihr voran. Die Rinne machte eine Kurve nach links. Hoch oben in der Wand passierten die beiden so die Stelle mit dem Wächter, dann waren sie in der Schlucht. Im sicheren Abstand zur Wache verließen sie die Wasserleitung und schlichen den Siq entlang. Sicher hundert Meter ragte die Felswand über ihnen empor. Teilweise war die Schlucht so schmal, dass Finn dachte, die Wände würden sich über ihnen berühren. Was Jannik wütend machte: Immer wieder lag Müll auf dem Boden vor ihnen herum. Eine Getränkedose, Chipstüten und Keksverpackungen. Sogar die Scherben einer Colaflasche waren zu finden. Offenbar hatten einige Touristen ihren Müll einfach auf den Boden geworfen.

Dann plötzlich öffnete sich vor ihnen die Schlucht in einen Talkessel.

»Ist ja der Wahnsinn!«, staunte Finn. Gigantisch wie ein Hochhaus war ihnen gegenüber eine wunderschöne, kunstvoll gearbeitete Tempelfassade in den roten glatten Stein gehauen. Säulen, Fensteröffnungen, ein großer Torbogen. Jannik und Finn waren überwältigt.

Dem Plan war zu entnehmen, dass das beeindruckende Gebäude vor ihnen Khazne al-Firaun war. Und das war auch der Name, den der Beduine genannt hatte. »Da drin muss Will gefangen sein«, flüsterte Finn. Khazne al-Firaun. Das Schatzhaus des Pharaos, in Wahrheit ein Grabmal.

Zwei schwarz gekleidete Männer saßen vor dem Eingang.

»Was sollen wir jetzt machen?«, fragte Jannik.

»Wir müssen sie weglocken!«, antwortete Finn.

»Aber wie?« Suchend sahen sie sich in dem Talkessel um.

»Ich habe eine Idee!« Jannik eilte zurück in den Siq und begann, den herumliegenden Müll einzusammeln.

Mit vollen Händen kam er wenig später zu seinem Bruder zurück.

»Was hast du vor?«, fragte Finn, der wenig Lust verspürte, sich hier als Müllmann zu betätigen.

»Abwarten! Mir nach!«, antwortete Jannik eifrig. Unbemerkt von den beiden Wachen krochen die Jungen hinter einen kleinen Felsvorsprung rechts vom Ausgang der Rinne. Jannik begann, den Müll aufzuhäufen, und versuchte, ihn in Brand zu setzen. Feuer machen hatte er in der letzten Projektwoche in der Schule gelernt. Indem er den Glasboden einer Colaflasche als Brennglas verwendete, gelang ihm dies schon nach wenigen Minuten. An den Rand seines kleinen Feuers schob er zwei der halb gefüllten, zugeschraubten Plastikflaschen.

»Kannst du mir verraten, was das soll?« Finn sah seinen Bruder zweifelnd an.

»Ein kleines Feuerwerk zur Ablenkung«, sagte Finn und seine Augen funkelten. »Los, bringen wir uns in Sicherheit, gleich knallt es!«

Wenig später donnerten zwei Kracher durch die Schlucht. Die explodierenden Plastikflaschen klangen wie Schüsse.

Die beiden Wachen schreckten hoch und eilten in Richtung der Geräusche. Jannik und Finn nutzten die Gelegenheit und schlüpften hinter dem Rücken der Wachmänner durch den großen Eingang in das in den Stein gehauene Grabmal.

Es dauerte einen Moment, bis sich ihre Augen an das Halbdunkel gewöhnt hatten. Vorsichtig begannen sie mit der Suche nach ihrem Cousin Will. Während sie drinnen durch die staubigen Kammern krochen, hörten die Jungen, wie draußen die beiden Wachen wieder ihre Positionen einnahmen. Nun waren auch sie in Khazne al-Firaun gefangen. Immer tiefer wagten sie sich in den Fels hinein, immer dunkler wurde es, dann stoppte Jannik und flüsterte: »Da. Ein Geräusch!«

»Ich hör nichts«, gab Finn ebenso leise zurück.

»Da vorne, da . . . da röchelt was.«

»Ich sehe mal nach!«, Finn kroch entschlossen an seinem Bruder vorbei.

»Es ist Will!«, rief er Sekunden später.

Und tatsächlich, gefesselt und geknebelt lag Will in dem kleinen Nebenraum. Mithilfe von Janniks Taschenmesser war er schnell befreit.

»Diese Schlange!«, rief Will, kaum, dass er den Knebel ausgespuckt hatte.

»Gibt's hier Schlangen?«, fragte Jannik und blickte sich ängstlich um.

»Nein, das heißt ja, aber diese Schlangen meine ich nicht. Ich meine natürlich die Habicht!«, empörte sich Will und schob sich den Gurt seiner Umhängetasche über die Schulter. »Oder vielleicht sollte ich besser sagen Doktor Ottilia Habicht! Ein Biest, ein Miststück. Die falscheste Schlange, die auf dieser Erde herumkriecht. Sie hat mich in eine Falle gelockt. Sagte, sie würde mir die Karte geben und ich solle hier auf sie warten! Aber dafür wird sie büßen. Los, trödelt nicht so herum, wir müssen uns beeilen!«

»Wäre nicht zunächst ein Danke

passend?«, beschwerte sich Jannik. »Wir haben dich immerhin befreit.«

»Danke!« Will schüttelte sich. »Aber wäre nicht nötig gewesen. Früher oder später hätte ich das auch alleine hinbekommen.«

»Ach, wirklich? Sah nicht danach aus!« Jannik war enttäuscht. Nicht ein Wort der Anerkennung darüber, dass sie ihn so heldenhaft gerettet hatten. Kein Wort darüber, dass sie alleine die Wüste durchquert und die Wächter erfolgreich abgeschüttelt hatten.

»Wer ist diese Ottilia Habicht?«, ging Finn dazwischen.

»Doktor Ottilia Habicht? Eine Archäologin, inzwischen jedoch eher eine Grabräuberin«, erklärte Will, während er sich seine Handgelenke massierte. »Eine überaus gefährliche Person! Hinterhältig, ohne jeden Skrupel, inzwischen durch und durch böse! Hütet euch vor ihr! Ich kenne sie schon lange und wusste von E.D.G.E., dass sie hier ist. Sie und ihr Team haben die Schatzkarte.«

»Und was machen wir jetzt?«

»Was wohl: Wir holen uns Moses' Stab.«

»Weißt du denn, wo er ist?«, fragte Jannik verwundert.

»Klar. Und da liegt er garantiert auch noch! Ich glaube kaum, dass sich jemand getraut hat, das Grab zu öffnen, solange die vielen Touristen hier herumliefen«, erklärte Will. »Die gesuchte Grabkammer muss sich oberhalb der Gräber der Könige befinden.«

»Okay.« Jannik war von der Aussicht auf eine Schatzsuche begeistert. »Legen wir los.«

»Und die Wachen draußen?«, wandte Finn ein.

»Die übernehme ich, kein Problem.«

»Hallo? Du bist doch nur Stuntman!«, wunderte sich Jannik. »Und das hier ist echt, Will, kein Film!«

»Um manche Sachen glaubhaft darstellen zu können, sollte man sie auch in echt beherrschen«, war Wills knapper Kommentar.

Sie schlichen sich zum Eingang zurück. Die beiden Männer hatten inzwischen wieder ihre Position eingenommen. Sie saßen mit dem

Rücken zu ihnen. Will legte den Finger auf den Mund, die Jungen nickten. Und plötzlich schnellte Will empor, es schien Finn und Jannik, als würde er fliegen. Will drehte sich in der Luft, donnerte mit den Füßen voran dem einen Wachmann in den Rücken. Bevor der zweite mitbekam, was hier passierte, hatte Will ihn bereits mit einem Handkantenschlag in den Schlaf geschickt. Ein Fußtritt beförderte auch den anderen Wächter zu Boden.

»Amateure!«, grinste Will, während er aufstand und sich den roten Staub von der Hose wischte.

»Sah cool aus. Wie im Kino!«, rief Finn begeistert.

Jannik schaute eher besorgt, er war nicht sicher, was er von dieser Kung-Fu-Nummer halten sollte. Aber zum Nachdenken blieb keine Zeit.

Schnell banden sie die beiden Männer mit den Stricken, mit denen vorher Will gefesselt war, zusammen.

»Gehen wir.«

Jannik und Finn folgten ihrem Cousin weiter in das Tal. Im Abendlicht leuchtete der Fels um sie herum tiefrot. Will eilte an einem großen Steintheater vorbei eine breite Treppe hinauf.

»Warum sind die Gebäude nur in den Felsen, warum nicht auch mittendrin?«, wunderte sich Finn. »Platz genug wäre hier doch?«

»Hier standen früher überall Häuser. Das war eine komplette Stadt«, keuchte Will. »Aber Petra ist über zweitausend Jahre alt. Die Häuser, die hier in der Mitte standen, sind längst eingestürzt. Nur die Gebäude, die in den Fels geschlagen wurden, haben die Zeit überlebt.«

»Verstehe.«

Am Rande einer weiten Ebene entlang rannten sie an einem Informationsgebäude vorbei auf ein großes Felsmassiv zu. Zu ebener Erde war eine breite Reihe hoher Gräber mit gigantischen Eingängen in den roten Sandstein getrieben. Schnaufend stoppte Will. »Hier sind wir richtig. Dort sind die Gräber der Könige. Irgendwo da oben muss es sein.« Er zeigte empor zu der sicher hundert Meter hohen, riesigen, fast senkrechten Felswand.

»Da kommen wir nie hoch«, überlegte Jannik laut.

»Wo sind die anderen?«, wollte Finn wissen.

»Die Habicht und ihre Kumpane wollen sich von oben abseilen«, erklärte Will hämisch. »Dazu müssen sie von hinten auf den Berg hinauf – das dauert. Die sind nicht intelligent genug, den Weg von hier vorne zu entschlüsseln.«

»Und wir?«

»Wir kennen den Weg von dieser Seite. Ich werde klettern.«

Ungläubig starrte Jannik auf die glatte Wand. »Aber wie . . .«

»Kommt!« Will zog sie zu dem Fels. Während er sich Kletterhandschuhe anzog, erklärte er knapp: »Alles, was ihr hier seht, haben die damals ja nicht gebaut, sondern aus dem Stein gehauen. Und irgendwie mussten die Steinmetze an der glatten Wand hochkommen. Deshalb haben die sich Tritthilfen in den Fels gemeißelt. Da ist so eine.«

Will zeigte den beiden Jungen eine kleine Öffnung im Gestein. Groß genug für einen Fuß oder eine Hand.

»Siehst du, man muss nur wissen, wo die Tritte sind!«

»Und woher weißt du, wo die Tritte sind, wenn du doch nicht einmal genau weißt, wo du hinmusst – ohne Schatzkarte!«, rief Finn.

»Guter Einwand. Aber Will denkt ja mit!« Der Cousin feixte. »Ottilia Habicht mag ja einen Doktortitel haben und sich für clever halten. Aber ich bin cleverer. Ich habe natürlich die Schatzkarte unbemerkt abfotografiert.« Er streckte seinen Ringfinger in die Luft, an dem man einen dicken, merkwürdig technisch aussehenden Ring erkannte.

»Eine Geheimkamera . . .«, flüsterte Jannik ehrfürchtig.

»Richtig«, lachte Will. »Verbunden mit meinem iPhone.« Er holte dieses aus seiner Hosentasche und hielt den Jungen die Schatzkarte auf dem Display hin. »Seht selbst. Der Pfad hinauf ist ja wohl eindeutig.«

»Wo bitte ist da ein Pfad?«, fragte Jannik. »Da sind doch nur viele Buchstaben eingezeichnet!«

»Folge dem Wort zu Moses' Stab!«, erklärte Will und zoomte das Bild auf dem Display heran. »Das steht unter dem Bild, oder?«

»Ja und weiter?«

»Und sieh mal: Hier unten – da ist ein Punkt mit einem kleinen F daneben . . .«

»Verstehe!«, rief Jannik aufgeregt. »›Folge dem Wort‹ heißt, wir sollen die Buchstaben entlanggehen! Da ist das F, da ein O, dann schräg daneben ein L, ein G, ein E . . . Wir müssen einfach den Buchstaben von dem Satz ›Folge dem Wort zu Moses' Stab‹ folgen. Clever!«

»Genau! Die Buchstaben ergeben einen Klettersteig!« Will klopfte ihm anerkennend auf die Schulter.

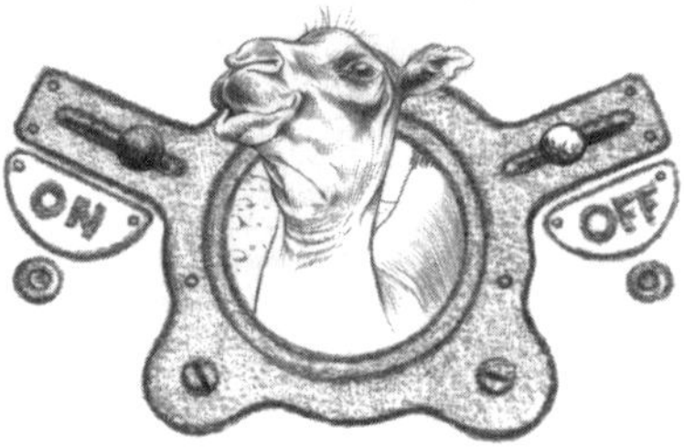

Will streckte sich noch einmal, spannte den Gurt seiner Umhängetasche, dann kletterte er beherzt los.

»Wie bei den Filmaufnahmen!«, murmelte Finn.

»Nur diesmal darf oben keine Oma mit Blumentopf stehen«, ergänzte Jannik sorgenvoll. »Wenn Will hier abstürzt, dann ist er tot!«

»Will stürzt nicht ab.«

»Sicher nicht!«

Sie verfolgten gespannt, wie ihr Cousin sich Meter um Meter hocharbeitete. Inzwischen war er schon höher als der Zehn-Meter-Turm im Schwimmbad.

»Es geht nicht weiter!«, rief Will zu Jannik und Finn hinunter. Er war weit weg, sie konnten ihn kaum mehr hören. »Hier ist nichts. Ich finde keinen Griff! Das ist alles total bröckelig.«

Finn warf einen Blick auf den Plan. »Rechts oberhalb von dir!«

»Fehlanzeige!« Will tastete mit der linken Hand die Felsformation über sich ab.

»Das andere Rechts!« Mensch, konnte das wahr sein, dass ein Superheld wie Will rechts und links verwechselte?

»Danke!« Will probierte es nun mit der anderen Hand und wirklich,

er ertastete einen Griff. Will gab probehalber etwas Druck auf den Steinvorsprung. Anscheinend war der fest. Geschickt zog er sich hinauf. »Hier geht es weiter. Überall Griffe!«, rief er triumphierend herab. Spinnengleich arbeitete Will sich die Wand hinauf.

Endlich stoppte er hoch oben in der Wand. Jannik und Finn sahen ihn jetzt nur noch in Ameisengröße. Die beiden Jungen hielten es vor Anspannung und Angst fast nicht mehr aus. Sie beobachteten, wie ihr Cousin hinter einem Felsvorsprung verschwand. Sie hörten ein Krachen und Rumpeln. Dann war Stille.

Zur Verblüffung der Jungen rauschten plötzlich von noch weiter oben Seile herab. Und noch eins. Und noch eins. Sie peitschten gegen den Fels. Wills Kopf tauchte kurz aus der Öffnung der Schatzkammer auf, er warf einen kurzen Blick nach oben, wo die Seile herkamen, dann verschwand er schnell wieder in der Nische.

Jannik und Finn sahen voller Entsetzen, wie an den Seilen derweil vermummte, schwarz gekleidete Gestalten heruntterglitten. Doch bevor sie den Vorsprung mit Will erreicht hatten, hatte der bereits die Schatzkammer verlassen und mit dem Abstieg begonnen. Seine Umhängetasche war nun prall gefüllt. Bergab kam er langsamer voran. Mit den Füßen den nächsten Stand zu ertasten, war nicht so einfach wie mit den Händen.

Etwa acht Meter der Strecke hatte Will bereits zurückgelegt, als er entdeckt wurde.

»Da ist er!«, schrie einer der Vermummten, hielt sich nur noch mit einer Hand an dem Seil fest und deutete auf Will.

Die anderen beiden Vermummten hingen für einen Moment unschlüssig auf der Höhe des Grabes, aus dem noch Sekunden vorher Will den Stab Moses' gerettet hatte. Der Grabräuber, der Will entdeckt hatte, versuchte, sich zu ihm zu schwingen. Doch ehe der Mann ihn erreichen konnte, schleuderte Will seine Umhängetasche in Richtung Jannik und Finn und rief: »Fangt!«

Die beiden Jungen versuchten, die herabsausende Umhängetasche aufzufangen, doch vergeblich. Wenige Meter vor ihnen knallte sie mit einem dumpfen Schlag auf.

Jannik packte die Tasche, sie war enorm schwer, und sah hinauf zur Wand.

»Lauft, versteckt euch!«, brüllte

Will, noch immer an die Wand geklammert. »Bringt den Schatz ins Museum!«

Ein kurzer Blick auf ihren Lageplan sagte Finn, wo das Museum war. Am anderen Ende der Ebene. Die beiden preschten los.

»Wir haben Glück!«, rief Jannik, während er zurückblickte. »Die Seile reichen nicht bis unten!«

Finn hielt an und sah sich ebenfalls um. »Cool!«, grinste er und japste. Die vermummten Grabräuber baumelten wie Würmer an einer Angelschnur vor der Wand. Sicher zwanzig Meter lagen zwischen den Enden der Seile und dem sicheren Erdboden. Während Will weiterhin in den Fels geklammert wartete, versuchten die vermummten Gestalten ihrerseits, hektisch Fuß in der zerklüfteten Felswand zu fassen.

»Lauft, worauf wartet ihr noch? Rettet Moses' Stab!«, schrie Will die Jungen an. »Wir treffen uns im Museum! Und denkt daran, später müsst ihr über die Brücke gehen! Den Weg des Wassers!«

Finn hatte keine Ahnung, was sein Cousin mit der letzten Bemerkung meinte. Dennoch flitzten die beiden los. Sie rannten, so schnell sie konnten, in Richtung Museum.

Finn sah sich immer wieder um, während sie über die Ebene eilten. Einer der Männer hatte in der Steinfassade des Grabes Halt gefunden und hangelte sich an ihr herab. Er war bereits fast unten. Die

anderen Männer hatten offenbar entschieden, wieder hinaufzuklettern. Sie waren schon weit oberhalb von Will. Zu seiner Verwunderung sah Finn, dass sich auch ihr Cousin wieder in Bewegung gesetzt hatte. Doch nicht runter, sondern ebenfalls hinauf.

Warum in aller Welt wollte Will noch einmal in das Versteck zurück?, fragte sich Finn.

8

Endlich hatten Jannik und Finn es sicher ins Museum geschafft. An der Kasse saß niemand mehr, anscheinend war schon geschlossen, aber die Tür war noch auf. Womöglich machte der Wachmann noch mal einen Rundgang, bevor er Feierabend hatte und abschloss. Erschöpft lehnten sie sich an einer Glasvitrine an und verschnauften.

»Boah«, staunte Jannik.

In der Vitrine war ein Modell von Petra ausgestellt, wie es vor zweitausend Jahren ausgesehen haben könnte. Unmengen von kleinen und großen Häusern waren über die Ebene verstreut, dazwischen kleine Figürchen. Sogar ein paar Miniaturesel entdeckte Finn.

Plötzlich hörten sie Schritte. Jannik und Finn sahen sich erschrocken an. Vor lauter Erleichterung, es ins Museum geschafft zu haben, hatten sie vergessen, sich hier ein Versteck zu suchen.

»Verflixt, wo sollen wir nur hin?«, flüsterte Jannik. Sein Bruder antwortete ihm schnaubend: »Eine Mistidee von Will. Wir sitzen fest!«

Die Schritte kamen näher.

»Da, eine Tür!«, raunte Jannik. Er zog seinen Bruder mit sich. Glücklicherweise war nicht abgeschlossen. Es war eine Besenkammer – ein Wischmopp und ein Eimer standen darin. An den Wänden Regale mit Putzmitteln. Die Jungen quetschten sich in die Kammer und Jannik zog von innen die Tür zu.

»Ich weiß, ihr seid hier irgendwo!«, hörten sie eine Frau rufen. Es musste sich um Doktor Ottilia Habicht handeln, vermutete Finn. Die Stimme klang gespielt freundlich. Doch da war ein beunruhigender Unterton.

»Ich tue euch nichts. Versprochen. Ich will nur Wills Tasche!« Jannik klammerte sich im Dunkel der Kammer an seinen jüngeren Bruder. Er hatte Angst. Viel mehr Angst als zuvor draußen, als sie vor den Vermummten geflohen waren. Da hatten sie weglaufen können. Nun, hier in der Finsternis, saßen sie fest und konnten nur tatenlos darauf warten, von der Frau, die zu dieser falschen Stimme gehörte, entdeckt zu werden.

»Ich bin allein, ich tue euch wirklich nichts!« Die säuselnde Stimme kam näher. »Das hat doch alles keinen Sinn! Ich weiß, ihr seid hier. Ich habe gehört, wie Will euch zugerufen hat, ihr sollt hierherkommen.« Die Stimme wurde ungeduldiger und verlor etwas ihren süßlichen Ton. »Will haben wir bereits – er hat gesagt, ihr sollt den Stab rausgeben. Also dalli!«

Nun klammerte sich auch Finn an seinen Bruder. Sie drückten einander so fest, dass es ihnen wehtat, und dann im nächsten Moment – ZACK! – wurde die Tür aufgerissen.

Die plötzliche Helligkeit ließ die Jungen die Augen zukneifen. Als sie blinzelnd ihre Augen wieder öffneten, stand vor ihnen eine große hagere Frau. Finn schätzte sie in etwa auf das Alter seiner Mutter. Ihre Füße steckten in braunen Stiefeln. Darüber trug sie eine enge weiße Hose und eine taillierte schwarze Bluse. Ihre schwarzen Haare waren zu einem Knoten hochgesteckt. Der Name Habicht passt genau, durchzuckte es Finn. Das Gesicht mit den eng stehenden Augen und der Hakennase gab der Frau etwas Raubvogelhaftes. In der linken Hand hielt sie eine Reitgerte!

»Ihr braucht keine Angst zu haben!« Die Stimme der Frau war jetzt wieder süß und sanft, sodass Finn schon fast aufstehen wollte. Doch dann bemerkte er den Gurt um ihre Taille und das daran befestigte Pistolenhalfter. Finn und Jannik rückten enger zusammen.

»Gebt mir die Tasche«, befahl Frau Doktor Habicht. Jannik und Finn schüttelten die Köpfe.

»Sofort!«, kommandierte die Frau hart und schlug mit der Gerte gegen ihren Stiefel.

Beide schüttelten erneut die Köpfe.

»Es geht auch anders!« Aus den Augen der Frau mit der Habichtnase verschwand jede Freundlichkeit und der Ton ihrer Stimme wur-

de schneidend. »Ihr sitzt in der Falle! Jetzt macht keinen Stress! Ich beherrsche sieben Kampfsportarten. Und, Jungs, ich kämpfe normalerweise nicht gegen Kinder, aber wenn ihr mir keine Wahl lasst . . .« Ruckartig sprang sie einen Meter zurück und landete in einer angedeuteten Karateposition. Ihre Arme wirbelten durch die Luft und sie gab einen Kampfschrei von sich. Bei der abschließenden Bewegung stieß sie mit der linken Hand gegen eine der Ausstellungsvitrinen und Glas splitterte. Die Reitgerte fiel zu Boden.

Erschrocken sah die hagere Frau auf die Schnittwunde an ihrem Zeigefinger und stieß einen langen Fluch aus. Das Blut tropfte. »Glotzt nicht so blöd«, zischte sie und steckte den Finger in den Mund.

Jannik wollte schon seinen Bruder packen und einen Fluchtversuch wagen. Doch ein kurzer Blick der Frau und die Tatsache, dass sie mit der unverletzten rechten Hand am Pistolenhalfter herumfingerte, ließ ihn von diesem Plan vorerst Abstand nehmen.

»Ich will die Tasche!«, zischte die Frau und im nächsten Moment hatte sie sie auch schon an sich gerissen.

Die Jungen wussten noch nicht, wie ihnen geschah, da zerrte sie bereits an den Verschlüssen herum ...

»Sie sind so gemein!«, brach es aus Jannik heraus. »Moses' Stab gehört der ganzen Welt, nicht irgendwelchen fiesen Grabräubern!«

Frau Doktor Habicht ignorierte seine Bemerkung, schlug den Deckel der Tasche zurück und erstarrte.

»Das gibt es doch nicht . . .« Sie wurde kalkweiß. »Will, du Miststück! Clever, verdammt clever!«

Die Jungen starrten überrascht auf die geöffnete Tasche. Und nun verstand Finn auch, wieso sein Cousin erneut hinaufgeklettert war. In seiner Tasche waren Steine und Scherben. Drei dicke einfache Steine und zwei Tonscherben. In der Tasche war nicht Moses' Stab! Das alles war ein von Will inszeniertes Ablenkungsmanöver gewesen. Er hatte sie mit der Tasche losge-

schickt, damit er anschließend in aller Ruhe den wirklichen Schatz bergen konnte.

Während die Frau noch fassungslos auf den Inhalt der Tasche starrte, entschied sich Jannik zu handeln. Er packte seinen Bruder und rief: »Los!«

Und bevor Frau Doktor Habicht sich wieder aufrichten konnte, waren die beiden Jungen an ihr vorbei ins Freie gestürmt.

Gut eine Viertelstunde warteten die beiden unter einem Dornenbusch, bis sie sich sicher waren, dass sowohl Doktor Ottilia Habicht als auch ihre Komplizen weg waren. Anfangs hatten sie noch laute Männerstimmen gehört. Stimmen, die erst stritten und sich dann entfernten.

»Und was machen wir nun?«, fragte Finn, als sie aus ihrem Versteck herausgekrabbelt waren.

»Was wohl. Irgendwie Will finden und dann zurück zum Flugzeug, nehme ich mal an«, antwortete sein älterer Bruder müde.

»Und wo sollen wir Will finden?«, fragte Finn weiter.

»Weiß ich doch nicht.«

Soweit die beiden Jungen es überblicken konnten, waren sie allein in dem weitläufigen Talkessel von Petra. Es wurde dunkel. Oben an den Felsspitzen wanderten die letzten Schatten entlang, gleich würde die Sonne endgültig verschwunden sein.

»Ich denke schon die ganze Zeit darüber nach, was Will mit seiner letzten Bemerkung gemeint haben könnte«, überlegte Jannik laut. »Ich bin mir sicher, er wollte uns damit eine Botschaft zukommen lassen. Wäre doch möglich, dass er uns einen Treffpunkt vorgeschlagen hat.«

Finn ließ sich seinen letzten geschmolzenen Schokoriegel schmecken. Er schmatzte: »Irgendwas mit: ›Über die Brücke müsst ihr gehen, der Weg des Wassers führt hinaus‹.« Kaum hatte er die Schokopower intus, fiel ihm alles wieder ein.

»Wieso sollen wir über eine Brücke gehen? Hier gibt es keine Brücke!«, beschwerte sich der Ältere.

»Das weiß ich auch.«

»Und wir sind in der Wüste!« Jannik wusste nicht weiter. »Hier gibt es keine Flüsse.«

»Gib mal die Karte«, sagte Finn jetzt wieder hellwach.

»Na logo! Will meint die Wasserleitung, den Aquädukt!«, rief Finn aufgeregt. »Siehst du? Da oben ist er eingezeichnet. Eine Brücke fürs Wasser. Darüber wurde Petra mit Wasser versorgt. Dort wird Will auf uns warten.«

»Super, Kleiner!« Jannik seufzte erleichtert. »Aber hoffentlich finden wir den Weg dahin. Man sieht fast gar nichts mehr.« Jannik hatte recht. Es war inzwischen stockdunkel geworden. Doch glücklicherweise ging nach einer Weile der Mond auf. Und im kalten weißen Mondlicht suchten sich die beiden Jungen durch die verlassenen, gespenstisch leuchtenden Ruinen den Weg zum Aquädukt. Zweimal verliefen sie sich, doch schließlich fanden sie den Einstieg in die alte Wasserzuleitung. Immer enger und höher ragten die Felsen links und rechts von ihnen empor. Kein Mondlicht drang hierher, es war dunkel! Sie konnten sich nur noch vorantasten.

Hinter einer Felskehre schimmerte es plötzlich merkwürdig hell.

Die Jungen stoppten.

Was war das?

Langsam schob sich Jannik an die Ecke heran.

»Will!« Erleichtert rannte er auf

seinen Cousin zu, der mitten in der Schlucht auf dem Boden saß und in aller Seelenruhe Tetris auf seinem iPhone spielte. Das gespenstische Licht war von dem Display gekommen.

»Jannik! Finn!« Will sprang auf und umarmte seine Cousins so herzlich, wie sie es gar nicht von ihm gewohnt waren. »Ich wusste, dass ihr die Nachricht verstehen würdet. Ich bin so froh, euch zu sehen. Alles okay?«

»Die Habicht hat deine Tasche!«

»Die kann sie gerne behalten!«, lachte Will. »Hauptsache, euch ist nichts passiert!«

»Wir konnten ihr entwischen«, rief Finn.

»Ich war mir sicher, sie würde

euch gehen lassen!«, erwiderte Will. »Ohne Stab wart ihr doch wertlos für sie.«

»Von wegen gehen lassen, wir konnten gerade so entwischen!«, empörte sich Jannik. »Und wenn sie uns gekidnappt hätte? Als Geiseln?«

Offensichtlich hatte Will daran gar nicht gedacht. Selbst im trüben Mondlicht war zu sehen, dass er schlagartig blass wurde. »Aber das hätte Frau Doktor Habicht sich dann doch nicht getraut . . .«, fügte Will hinzu, aber ganz sicher klang seine Stimme nicht.

»Ist ja gut gegangen!«, beruhigte ihn Jannik.

Will bückte sich. »Darf ich euch etwas zeigen?«

Die Jungen rückten gespannt näher.

»Tatata! Der Stab von Moses.« Will präsentierte ihnen eine etwa dreißig Zentimeter lange Tonschatulle. Er hob den Deckel ab und leuchtete mit seinem Handydisplay hinein. Darin lagen einige Muschelketten, bemalte Pfeilspitzen und fünf vielleicht jeweils zwanzig Zentimeter lange Teile eines bemalten Stabes. Die Farben waren verblasst, die Schrift kaum lesbar.

»Wow«, hauchte Jannik ehrfurchtsvoll. Und auch Finn war sichtlich beeindruckt. »Was machen wir nun damit?«

»Wir bringen ihn ins Museum!«, erwiderte Will.

»Wir müssen wieder zurück nach Petra?«, rief Finn erschrocken.

»Nein. Er wird in Amman ins Nationalmuseum gebracht werden.« Will schloss die Schatulle wieder. »Aber das passiert später. Noch sind wir nicht endgültig in Sicherheit. Die anderen können noch irgendwo da draußen auf uns lauern. Also los, bringen wir den Auftrag hinter uns.«

Will klemmte sich ihren Fund unter den Arm und gemeinsam tasteten sie sich die alte Wasserleitung entlang.

»Ganz schön groß!«, bemerkte Finn, nachdem sie das alte Aquädukt überquert hatten. »Warum brauchten die eine so große Wasserleitung?«

»Man schätzt, dass bis zu 250 000 Menschen hier gelebt haben. Und die brauchten Wasser. Aber womöglich war das auch eine Ableitung. Wenn es nämlich hier in der Wüste mal regnet, dann kann der felsige Boden kaum Wasser aufnehmen. Und wenn die in dem Tal hinter uns nicht absaufen wollten, dann mussten sie die Wassermassen irgendwie wieder abfließen lassen.«

»Petra ist jedenfalls cool!«, erklärte Jannik.

»Tja, die Felsenstadt ist nicht umsonst Weltkulturerbe!«

»Was heißt das eigentlich?«, fragte Jannik weiter.

»Die UNESCO, eine Untergruppe der Vereinten Nationen, hat ein

Verzeichnis erstellt, das die beeindruckendsten und erhaltenswertesten Orte dieser Welt umfasst. Dazu gehören die ägyptischen Pyramiden, die Chinesische Mauer, aber auch die Altstadt von Rothenburg ob der Tauber in Deutschland. Schätze der Menschheit sozusagen.«

»Das ist Petra in jedem Fall«, bekräftigte Jannik. »Ein echter Schatz.«

»Ich habe Hunger!«, warf Finn ein. Jetzt, wo die Anspannung sich löste, bemerkte er, dass er außer Schokoriegeln den ganzen Tag über nichts weiter gegessen hatte.

»Ich bin mir sicher, mein jordanischer Freund kann uns da weiterhelfen. Die Beduinen sind berühmt für ihre Gastfreundschaft.« Will deutete voraus. Neben einem Felsen wartete Khaled mit seinen Kamelen.

»Marhaba, Khaled!«, begrüßte ihn Will. »Schön, dich zu sehen!«

»Masah alchea! Guten Abend, Will!«, begrüßte sie der Beduine. Er schien überhaupt nicht verwundert, Will gesund und munter wiederzusehen.

Finn stieg mit seinem Cousin auf das eine Kamel, Jannik und Khaled auf das andere. Unter sternenklarem Himmel trabten sie gemütlich zum Learjet zurück. Es war kalt geworden und die beiden Kinder zogen ihren Burnus enger.

»Was ist mit dem Quad?«, fragte Finn irgendwann unterwegs seinen

Cousin. »Wir haben es beim Eingang versteckt!«

»Darum kümmern sich Khaleds Freunde«, gab Will ihm zur Antwort.

Am Flugzeug angekommen, machte der Beduine Feuer. Dann rollte er auf dem Sandboden einen kleinen Teppich aus. Aus den Satteltaschen der Kamele holte er verschiedene kleine tönerne Töpfe hervor, öffnete sie und baute sie neben dem Feuer auf. Mit einer Handbewegung bedeutete er den Kindern, Will und auch dem inzwischen aufgetauchten Charlie, Platz zu nehmen.

»Das sind die berühmten Mezzeh, die arabischen Vorspeisen. Bedient euch!« Will griff zu dem knusprigen

Fladenbrot, das der Beduine ihnen entgegenstreckte. »Man isst hier mit der rechten Hand, ihr nehmt ein Stück Brot und tunkt damit . . .« Will demonstrierte es ihnen. »Lecker, Hummus und . . . ah, Linsensalat, Tahina. Und Baba Ganusch . . . eingelegte Auberginen! Langt zu!«

Erst zögernd und eher weil ihre Mägen knurrten, nach den ersten Bissen jedoch mit wachsender Begeisterung, begannen Jannik und Finn zu futtern. Dabei erzählten sie Will ausführlich, was sie alles ohne ihn in Petra erlebt hatten.

Der Beduine steckte währenddessen lange Fleisch- und Gemüsespieße um das Feuer herum in den Sand. »Shish Kebab!«, wie Will ihnen erklärte. Als die ersten fertig gegrillt waren, reichte der Jordanier sie ihnen mit einer Verbeugung.

»Danke heißt auf Arabisch: Shukran!«, flüsterte Will Jannik zu.

»Shukran!«, sagte Jannik laut.

Khaled lächelte und antwortete: »Men fadlak!«

Es schmeckte köstlich. Anders, teilweise scharf, doch passend, wie Finn entschied. Mitten in der Nacht unter einem sternenklaren Himmel irgendwo in der Wüste war das einfach passend. Deutsche Bratwürstchen, normalerweise Finns Lieblingsgrillgut, wären hier irgendwie fehl am Platz gewesen.

Nachdem sie gegessen hatten, überfiel Jannik und Finn eine bleierne Müdigkeit. Und noch am Feuer schliefen sie ein. Will und Khaled

trugen sie in den Jet und schnallten sie in ihren Ledersesseln an. Dann verabschiedete sich Will von dem Beduinen, nicht jedoch, ohne ihm die Schatulle überreicht zu haben.

»Shukran!«, sagte der Mann und verneigte sich. »Gott schütze dich, Will!«

»Gott schütze dich, Khaled!«

Dann schloss Will die Luke und Charlie ließ die Motoren an.

Jannik und Finn erwachten erst wieder, als der Jet mit quietschenden Reifen auf dem alten Flugfeld nahe ihrer Heimatstadt landete.

»Aufwachen, wir sind daheim.«

»Wow! War das abgefahren!«, gähnte Finn und streckte sich. »Das war das Coolste, was ich bisher erlebt habe.«

»Alltag!«, grinste Will.

Er öffnete die Luke des Jets und verabschiedete sich von Charlie, ihrem Piloten. Das freundliche »Auf

Wiedersehen und vielen Dank« der Kinder quittierte er lediglich mit einem Nicken. Noch während die drei zu Wills Auto hinübergingen, startete Charlie den Jet schon wieder.

»Wer ist eigentlich dieser Charlie?«, wollte Finn wissen.

»Das ist eine lange Geschichte«, wich Will aus.

»Und wem gehört der Jet? Der ist doch sicher schweineteuer!«, fragte Jannik.

»Das wäre eine noch längere Geschichte!«, antwortete Will knapp.

»Und was ist mit E.D.G.E.? Kannst du uns darüber noch mehr erzählen?«, bohrte Finn weiter.

»Nein!«

»Warum nicht?«

»Weil das Grundsätzliche bei einer Geheimorganisation darin besteht, dass sie geheim ist! Und ich bin nun mal zufällig ein Agent einer solchen Geheimorganisation und darf daher niemandem Außenstehenden etwas darüber verraten. Basta.«

»Dürfen wir dann wenigstens beim nächsten Auftrag wieder mit?«

»Viel zu gefährlich!« Will schloss die Autotüre auf. »Das hier war eine Ausnahme und die wird es auch bleiben. Einsteigen!«

Finns Miene verfinsterte sich und nur widerwillig stieg er ein. Kaum saß er schmollend auf der Rückbank, beugte sich sein älterer Bruder zu ihm hinter und flüsterte ihm etwas ins Ohr. Finns Miene hellte sich auf.

»Was habt ihr?«, fragte Will, der das Getuschel im Rückspiegel beobachtet hatte.

»Ach nichts . . .«, antwortete Finn.

»Ihr heckt doch was aus!«

»Ach wo!«, feixte Finn. »Jannik hat mich nur gefragt, was wohl Mama und Papa dazu sagen werden, wenn wir ihnen von unserem kleinen Ausflug erzählen. Und das

müssen wir ja, denn Mama und Papa werden uns ja fragen, was wir gemacht haben.«

Will runzelte die Stirn. »Und weiter?«

»Wären wir natürlich Agenten der E.D.G.E., wie du auch«, erklärte Finn, »dann könnten und dürften wir Mama und Papa natürlich keinesfalls etwas über unser Abenteuer erzählen. Denn wir würden ja niemals eine Geheimorganisation verraten.«

»Was aber natürlich bedeuten würde, dass wir auch in Zukunft bei Einsätzen mitdürften«, beendete Jannik ihre Argumentation.

»Ihr seid Erpresser!«, murmelte Will wütend. Schweigen machte sich im Auto breit. Doch nachdem sie in Wills Straße eingebogen waren und Will den Wagen geparkt hatte, drehte er sich um und erklärte: »Einverstanden. Der Deal gilt.«

»Echt?!«, schrie Jannik freudig. »Wir werden richtige Geheimagenten der E.D.G.E.?«

Will nickte.

»Wir dürfen wieder mit?«, freute sich auch sein jüngerer Bruder.

»Wisst ihr, ich hab mir das überlegt. Ihr wart in Petra absolut unschlagbar, warum nicht? Ihr habt mir echt geholfen.« Will lächelte. »Und dass ihr beispielsweise den Müll im Siq eingesammelt habt, mit dem ihr dann die Wachen ablenken konntet, das war doch eigentlich schon Arbeit für E.D.G.E. Erhaltung der Geheimen Erde. Manchmal kann auch Müllsammeln ein Geheimagentenjob sein.«

»Wann geht es dann wieder los?«, wollte Jannik wissen, während sie aus dem Auto stiegen.

»Keine Ahnung, irgendwann werde ich wieder eine SMS oder einen Anruf bekommen und dann es heißt Aufbruch.«

»Du, Will. Ich hätte da aber noch eine ganz andere Frage. Was passiert denn nun eigentlich mit Moses' Stab. Kommt der ins Museum?«

»Wie gesagt, wenn es denn wirklich Moses' Stab ist . . .« Will öffnete die Fahrertür und stieg aus. »Ich habe die Schatulle Khaled gegeben. Er wird sie sicher ins Museum bringen.«

»Cool, dann wird also bald in der Zeitung stehen, dass Moses' Stab gefunden wurde. Und nur wir wissen dann, dass wir die Finder waren.«

»Nein!« Will schloss hinter den beiden Jungen das Auto ab.

»Wie?! Nein?!«, wunderte sich Jannik.

»Die Leute von E.D.G.E. sind der Meinung, dass der Stab Moses' weiterhin ein Geheimnis bleiben sollte«, erklärte Will den Jungen. »Ihn in das Grab in Petra zurückbringen, geht aber leider nicht. Dann würden die Habicht und ihre Leute einfach erneut einbrechen und ihn stehlen. Also, wo kann man einen Schatz sicher verstecken, sodass nicht der nächste Grabräuber davon Wind bekommt?«

Die Jungen zuckten mit den Schultern. Dass E.D.G.E. entschieden hatte, den bislang unentdeckten Schatz unentdeckt zu lassen, fanden sie enttäuschend.

»Khaled wird die Schatulle ins Nationalmuseum bringen und im Keller in einer Kiste in einem Regal verstauen. Dort, im Museumskeller, mit falschem Schild versehen, ist sie sicher aufgehoben. Da mag die Schatulle ruhen, bis sie eines Tages durch Zufall richtig entdeckt werden wird. Glaubt mir, es gibt keine bessere Art, etwas zu verstecken.«

Jannik und Finn sahen sich müde an.

»Kommt, jetzt habe ich Frühstückshunger. Außerdem muss ich

um elf Uhr am Set sein. Ein Autostunt steht an. Könnte aufregend werden. Und ihr wollt doch sicher mitkommen?«

»Klar!«, riefen Jannik und Finn wie aus einem Mund und die Müdigkeit war wie weggeblasen.